Chisato Tashiro

Cinq souris sans soucis

© 2014 - Éditions Mijade
pour cette édition de poche
www.mijade.be

© 2007 - Chisato Tashiro

minedition

Titre original : 5 nice mice
Michael Neugebauer, Hong Kong
© 2007 - minedition France
pour l'édition en langue française

Traduit du japonais par Sayako Uchida
et adapté en français par Géraldine Elschner

ISBN 978-2-87142-884-8
D/2014/3712/15

Imprimé en Belgique

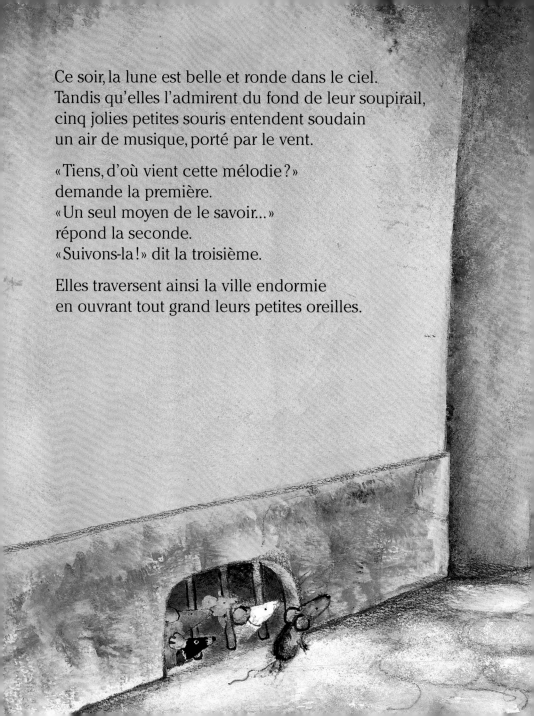

Ce soir, la lune est belle et ronde dans le ciel.
Tandis qu'elles l'admirent du fond de leur soupirail,
cinq jolies petites souris entendent soudain
un air de musique, porté par le vent.

«Tiens, d'où vient cette mélodie?»
demande la première.
«Un seul moyen de le savoir...»
répond la seconde.
«Suivons-la!» dit la troisième.

Elles traversent ainsi la ville endormie
en ouvrant tout grand leurs petites oreilles.

Plus elles avancent, plus la musique résonne dans la nuit.
Elle les guide jusqu'aux grilles du parc:
«Ça vient de là!» dit la souris blanche.
«Voilà une pancarte!» s'écrie la souris brune.
«Qu'est-il écrit dessus?» demande la plus jeune,
noire des moustaches aux pattes.

CONCERT DE GRENOUILLES
RÉSERVÉ AUX GRENOUILLES

«Pas de chance!» s'écrient
en chœur les cinq amies.
«On n'a qu'à se camoufler»,
décide l'aînée.

Sitôt dit, sitôt fait. Tapies entre les roseaux,
elles découvrent un spectacle extraordinaire.
Au beau milieu de l'étang,
un groupe de grenouilles chante à la lune.

Au clair de la lune
Reine de la nuit
Écoute vingt et une
De nos mélodies

Quelle belle chanson !

« Vous ne savez pas lire ? gronde soudain une voix.
C'est un concert privé, réservé aux grenouilles.

Alors dehors, et vite ! »

Rentrées chez elles,
les cinq souris ne ferment pas l'œil de la nuit.
Le concert était si beau, et la musique si douce!
«Et si on faisait la même chose?
propose la souris grise. Ce serait superbe!»
Aussitôt, elles entonnent l'hymne à la lune
«Au... clair... couic couic couiiiic...»
Rien à voir avec la belle musique des grenouilles!
«Nous ne sommes pas obligées de chanter,
dit alors la souris blanche qui, dans le noir,
a toujours de bonnes idées. On pourrait
jouer de la musique sur nos instruments?»
«Brillantissime, dit l'aînée.
        Et... quels instruments s'il te plaît?»

«Que pourrait-on utiliser?» se demandent-elles.
«Pas de souci, des instruments, il y en a partout!»

Et dès le lever du jour, elles partent à la chasse
et ramassent
tout ce qui claque
et résonne...

...tout ce qui cliquetique,

tout ce qui fait crac, boum, gling-gling-gling.

Les instruments terminés,
elles s'entraînent des heures
et des heures.

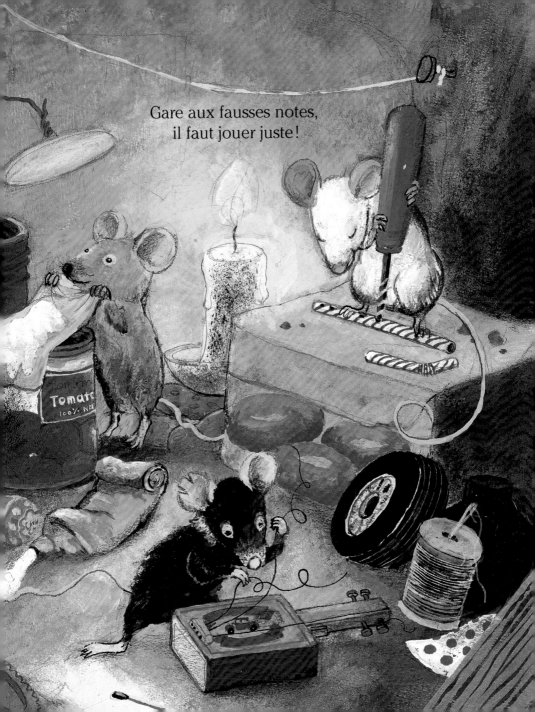

Gare aux fausses notes,
il faut jouer juste !

Les voilà enfin prêtes.
Les cinq petites souris collent alors des affiches
partout en ville pour annoncer leur concert.

Et lorsque le fameux soir arrive,
elles prennent le chemin de la salle des fêtes.

Mortes de trac,
elles préparent la scène.
Le public sera-t-il
au rendez-vous ?

Soudain, une voix annonce :
« Et maintenant, Mesdames et Messieurs,
place aux Cinq Souris Sans Soucis ! »

Le rideau s'ouvre, et elles se mettent à jouer
un premier morceau, puis un deuxième, et un troisième...

... de mieux en mieux, de plus en plus fort, du fond de leur cœur.

Sous un tonnerre d'applaudissements,
les souris reconnaissent leurs voisins,
leurs amis, leurs cousins qui crient :
            « Bravo ! Bravo ! »
Mais soudain, un grand **« Couac ! »** éclate.
Cachées parmi les petites oreilles roses,
quelques grosses têtes vertes apparaissent...
Les cinq souris éclatent de rire.
« Pas besoin de vous cacher ! dit l'aînée.
Notre concert est ouvert à tous.
Merci d'être venues si nombreuses,
amies grenouilles ! Et maintenant,
nous allons vous jouer notre air préféré :
            L'hymne à la lune. »

Au début, tout le monde écoute en silence, mais une à une, les grenouilles se mettent à les accompagner et bientôt, le public tout entier chante à pleine voix.

La musique et le chant se mêlent avec tant d'harmonie
que personne, jamais, n'oubliera cet instant.
Lorsque les premières lueurs du jour teintent de rose
le gris de la nuit, grenouilles et souris promettent
de se retrouver pour un nouveau concert.

Et depuis ce soir-là,
dès que la lune
est ronde,
elles se rassemblent
pour jouer et chanter ensemble
L'hymne à la lune.